UNEDITED

The Quiet Weight

KRUSHANGI SHAH

Clever Fox®
PUBLISHING
Chennai • Bangalore

CLEVER FOX PUBLISHING
Chennai, India

Published by CLEVER FOX PUBLISHING 2026

ISBN: 978-93-7500-268-0

Dedication

For everyone carrying quiet weight.

I hope these pages sit beside you the way no one could.

CONTENTS

PREFACE

We all live through moments that change us quietly. Some slip into memory without warning, some stay as a constant ache we learn to carry without speaking of it.

This book is a collection of those moments - the ones we avoid confronting, yet they shape the way we love, the way we trust, the way we grow into ourselves.

Each poem is a small attempt to understand what we felt in the gaps where words never arrived, in the pauses between who we were and who we became.

If something here echoes your own story, may it feel like a familiar hand on your shoulder. May these pages recognise you and meet you gently.

– Krushangi

1

WHEN YOU GREW UP TOO EARLY

अक्सर सुनते हो ना तुम
अपने घरवालों को ये कहते हुए
"तुम्हारे लिए कभी सोचने की ज़रूरत ही नहीं पड़ी"
कहते हुए कि
"हमें पता है, तुम देख लोगे"
"हमें पता है, तुम संभाल लोगे"

और संभाली तुमने वो जिम्मेदारियाँ
जो तुम्हारी कभी थीं ही नहीं
संभाला तुमने परिवार को
जैसे पेड़ की जड़ें संभालती हैं
उसके शाख–पत्तों को
सीखा तुमने
खुद को पीछे रख
अपने लोगों को आगे रखना

चुना नहीं था तुमने ये
पर अब जब चुन लिए गए हो
तो सीखा तुमने
छोटी उम्र में बड़े होना

मिलते हो ना अक्सर सपनों में
अपने बचपन से
वो बताता है तुम्हें
कितना कुछ करना था...
जो रह गया
कितनी जगहों पर खेलना था...
जो रह गया
कितने रास्तों पर भागना था...
जो रह गया

और तुम बताते हो उसे
कैसे सीखा तुमने
वो सब छोड़कर
छोटी उम्र में
बड़े होना

2

WHEN YOU ONLY HAD YOURSELF

याद है वो रात?
जब पहली बार तुमने रोते हुए
अपना चेहरा अपनी ही बाँहों में छिपा लिया था
तुम्हारे काँपते हुए हाथ
तुम्हारी पीठ सहला रहे थे
मानो ख़ुद को ही गले लगा रहे हो

उस रात तुम्हें नहीं चाहिए थे
कोई समझाने वाले अल्फ़ाज़
चाहिए था तो बस इतना कि
कोई गले लगाकर बोले
"ठीक है... रो लो"

पर कोई नहीं आया
कोई गले नहीं लगा

वो रात के बाद की ख़ामोश सुबह
जब तुम्हें पहली बार एहसास हुआ
कि शायद तुम अकेले काफ़ी हो

उसके बाद कई बार पूछा लोगों ने
"कैसे हो?"
और तुमने हर बार कहा
"ठीक हूँ"

कभी मुस्कान के साथ
कभी आँखों में आँसू लेकर
जिसे तुम्हारे सिवा
कोई महसूस ना कर सका

और तब से
तुम्हारे "ठीक हूँ" का मतलब
सिर्फ़ तुम ही समझते हो
क्योंकि अब तुम जानते हो
तुम शायद अकेले ही काफ़ी हो

3

WHEN YOU FORGOT HOW TO ASK FOR HELP

बोलते होंगे लोग तुम्हारी पीठ पीछे
"बहुत घमंडी है ये, कभी किसी से मदद नहीं लेता"
पूछते होंगे दोस्त तुमसे,
"क्यों नहीं बताते जब ज़रूरत होती है किसी चीज़ की?"

कौन बताए उन्हें कि
बचपन में जब-जब मदद माँगना चाहा
तब-तब बताया गया,
"इससे ज़्यादा ज़रूरी चीज़ें हैं हमारे पास"
"ये इतना important नहीं है"

कौन बताए उन्हें कि
जिनसे मदद मिलनी चाहिए थी
वो नहीं जानते थे
खुद की भी मदद करना

और इसीलिए
सीखना पड़ा वो सब खुद
जो बाकियों को सिखाया जाता है
करना पड़ा वो सब अकेले
जो वाक़ई में मदद के साथ किया जाता है

और ये सब करते-करते
ना चाहते हुए भी
सीख लिया तुमने
मदद ना माँगना

सीख लिया तुमने
अपने सवालों का
खुद ही जवाब ढूँढना

सीख लिया तुमने
खुद की मदद करना

हाँ, नहीं बताते अब तुम
जब ज़रूरत होती है
क्योंकि आता ही नहीं है
तुम्हें मदद माँगना

4

WHEN YOUR BODY GREW OLDER THAN YOU

उम्र हुई नहीं तुम्हारी इतनी

जितना तुम्हारा शरीर थकने लगा है

8 घंटे सोने के बाद भी

ज़्यादा सोने का मन कर रहा है

dark circles ने आँखों के नीचे

अपना permanent घर बना रखा है

हर 2 महीने में hair-color appointment

routine-सा लगने लगा है

और

कमर का दर्द, दिल के दर्द से

बहुत ज़्यादा बढ़ने लगा है

ध्यान नहीं दिया तुमने शायद

पर अब हर weekend

बाहर जाने का खयाल
चिड़चिड़ा करने लगा है

अनजाने में ही सही
अब सीढ़ियों से ज़्यादा
lift का इस्तेमाल करते हो
1.5 km दूर जाने के लिए
गाड़ी की चाबियाँ ढूँढते हो
बैठकर उठने से पहले
2–5 seconds ज़्यादा रुकते हो

नहीं समझ आ रहा
शरीर कब उम्र से आगे निकल गया

"सबके साथ हो रहा है क्या ऐसा
या कम उम्र में उठाई जिम्मेदारियाँ हैं इसकी वजह?"
जवाब तो नहीं पता
पर
ये सवाल
ज़रूर ख़ुद से पूछते हो

5

WHEN BIRTHDAYS STOPPED FEELING LIKE CELEBRATION

अब जन्मदिन मनाने का मन नहीं करता
12 बजे तक जागने का मन नहीं करता
नए कपड़े लेने का भी मन नहीं करता

उस दिन phone silent रहने लगा है
parties का खयाल भारी लगने लगा है
बस... अकेले रहने का मन करने लगा है

हाँ,
जाना पड़ता है कभी-कभी
कुछ क़रीबियों के साथ
"birthday dinners" पर
पर वो भी अब सिर्फ़ एक दिखावा सा लगने लगा है

सोचते हो ना तुम,
कहाँ गए वो जन्मदिन
जब घर का fridge मिठाइयों से भरा रहता था
दोस्तों के surprises का इंतज़ार हुआ करता था
कितने सारे लोगों से मिलना होता था
और मिलने के लिए
वक़्त कम पड़ रहा होता था

जब जन्मदिन वाक़ई में
खुशियाँ लेकर आता था

अब आता है बस सवालों के साथ
"क्यूँ इस साल भी कुछ बड़ा नहीं कर पाए?"
"क्यूँ लग रहा है, बस उम्र बढ़ रही है... ज़िंदगी की कहानी नहीं?"
"क्यूँ लग रहा है सब आगे बढ़ रहे हैं... सिर्फ़ तुम नहीं?"

डर लग रहा है
बढ़ती उम्र अपने साथ
बहुत ज़िम्मेदारियाँ लेकर आ रही है
और अब तक
उन ज़िम्मेदारियों से आँखें तक मिलाने का मन नहीं करता

अब जन्मदिन मनाने का मन नहीं करता
12 बजे तक जागने का भी मन नहीं करता

6

WHEN SILENCE HURT MORE THAN WORDS

नहीं पता ना तुम्हें
वो इंसान अब तुम्हारी ज़िंदगी का हिस्सा है भी या नहीं
अगर है, तो ऐसा क्यों लग रहा है कि नहीं है?
और अगर नहीं है,
तो जाने की वजह क्या थी?
अगर कोई वजह थी भी
तो तुम्हें क्यों नहीं बताई गई?

क्यों नहीं बताकर गया वो इंसान
कि वापस आने वाला है या नहीं,
तुम्हें इंतज़ार करना भी है या नहीं

हुआ है ये सब पहले भी तुम्हारे साथ
पर फिर भी
मनाया तुमने ख़ुद को

ये सोचकर

“शायद इस बार ऐसा ना हो”

सच तो तब भी पता था तुम्हें

पर ख़ुद के सामने उसे अच्छा दिखाने के लिए

आदत से मजबूर होकर

सोचा तुमने एक बार के लिए

“कहीं गलती मेरी तो नहीं?”

मान लिया

अगर गलती थी भी तुम्हारी

तो उसने बताया क्यों नहीं?

इतना मुश्किल होता है क्या?

ये कहकर जाना

कि किस वजह से जा रहा है वो

सोच रहे हो तुम अभी भी

वजह उसके जाने की

देख रहे हो राह

उसके वापस आने की

क्योंकि

नहीं पता तुम्हें

वो इंसान अब तुम्हारी ज़िंदगी का हिस्सा है भी या नहीं

7

WHEN YOU LOVED WRONG

माफ़ करना चाहते हो ख़ुद को
पर नामुमकिन सा लग रहा है
क्योंकि खोया है तुमने कोई ऐसा
जो पर्याय था प्यार का

बहुत मुश्किल लग रहा है
ये मान लेना
कि इस बार गलती तुम्हारी थी

किया था तुमने सब कुछ
जो तुम किसी के लिए नहीं करते
बदल गए थे
सिर्फ उस एक इंसान के लिए
रखा था उसको ख़ुद से पहले
किया था प्यार
ख़ुद से ज़्यादा

हाँ

बचा सकते थे तुम वो रिश्ता

रोक सकते थे उसे जाने से

ज़रूरत थी बस

उस वक़्त

अपने गुस्से, अपने जूनून से पहले

उस प्यार को रखने की

अब जब वो जा चुका है

तो कर रहे हो तुम कोशिश

ये मानने की

कि जो किया

उससे बेहतर शायद तुम नहीं जानते थे

बस उतना ही समझ पाते थे

कर रहे हो कोशिश

ख़ुद को माफ़ करने की

ये समझाने की

कि उसे खोकर भी बहुत कुछ सीखा है

और भले दर्द से ही मिला हो

पर ये भी

तुम्हारे प्यार का हिस्सा है

8

WHEN THEY MOVED ON

पूछते हो ना तुम अक्सर अपने आप से
"इतना आसान था क्या उसके लिए?
मुझे एक अजनबी मान लेना"

मान लेना कि उसे नहीं याद
तुम्हारी आँखों की वो चमक
जो सिर्फ उसे देख कर आती थी
मान लेना कि वो नहीं जाता अब
उन जगहों पर
जहाँ तुमने मिलकर
अपनी ज़िंदगी के कुछ अज़ीज़ पल गुज़ारे थे
मान लेना कि भूल गया है वो
वो नाम
जिससे सिर्फ तुम उसे बुलाते थे

कौन सही था कौन ग़लत
ये प्यार में कौन देखता है
पर फिर भी...

कैसे

कैसे फ़र्क नहीं पड़ रहा उसे

तुम्हारी नामौजूदगी से?

कैसे भूल गया वो

वो सपने

जो उसने तुम्हारे साथ सजाए थे?

कैसे नहीं याद उसको

तुम्हारी आवाज़ की वो खनक

जिसमें तुम उसका नाम लेते थे?

कैसे नहीं चाहता वो

पलट कर एक भी बार तुम्हें देखना

सच है

किसी की ज़िंदगी किसी के बिना नहीं रुकती

पर क्यों

क्यों उसको देख कर लग रहा है

उसकी ज़िंदगी भाग रही है तुम्हारे बिना?

क्यों नहीं है उसके चेहरे पर

एक भी शिकन?

सच में इतना खुश है क्या वो?
या सिर्फ दिखा रहा है?

पूछते हो ना तुम अक्सर अपने आप से
“इतना आसान था क्या उसके लिए?
मुझे इस कदर भुला देना
जैसे मैं कभी था ही नहीं”

9

WHEN GRIEF CHANGED YOUR VOICE

कुछ तो बदल गया है

ज़िंदगी को खुलकर गले लगाने वाले,
आँखों में सपने और
दिल में ख्वाहिशें रखने वाले
तुम...
तुम रहे ही नहीं
उस हादसे के बाद

किसी भी फ़ैसले से पहले
ज़्यादा डरने लगे हो
अपनों को अपना ना मानकर
उन्हें थोड़ा दूर रखने लगे हो
"अकेले ही ठीक हूँ" बोलकर
वाक़ई में ज़्यादा अकेले रहने लगे हो

नहीं होता अब आसानी से भरोसा
ना खुद पर,
ना लोगों पर,
ना ही ज़िंदगी पर
और इसीलिए बिना किसी से मदद माँगे
जो जैसा चल रहा है
वैसे ही चलने दे रहे हो

हाँ, तुम्हें लगता है शायद
तुम पहले जैसे ही हो
पर दिख रहा है सबको
कि तुम बोलने से पहले
अब बहुत सोचने लगे हो
खुश होने से पहले
खुद को रोकने लगे हो

और...

आँखों की जगह
बस सिर्फ़ होंठों से हँसने लगे हो

10

WHEN A FRIEND BECAME A STRANGER

वो एक दोस्त
जिससे अब बात नहीं होती

जिसके साथ पूरा बचपन बीता था
जिसके साथ जवानी की दहलीज़ पर क़दम रखा था
जिसके messages, missed calls देखकर दिन शुरु होते थे
जिससे मिले बिना दिन कभी ख़त्म नहीं होते थे

जिसे तुम्हारा पूरा परिवार जानता था
जिसे तुमने अपना सबसे अच्छा यार माना था

वही दोस्त
जो तुम्हारे बोले बिना सब समझ जाता था
उससे अब बात नहीं होती

देखते हो social media पर एक-दूसरे को
अपनी-अपनी ज़िंदगी में आगे बढ़ते हुए
अच्छा करते हुए
देखकर काफ़ी ख़ुश भी होते हो

और अनजाने में ही
उस ख़ुशी में
पुराने दिनों वाली खुशियाँ ढूँढ़ते हो

त्योहार, जन्मदिन पर एक-दूसरे को wish
और थोड़ा हँसी–मज़ाक
भी कर लेते हो

बस... अब पहले जैसे बात नहीं होती

है ना तुम्हारा भी एक दोस्त
जिससे अब बात नहीं होती?

11

WHEN YOU FORGOT HOW TO BE VULNERABLE

नहीं दिखा पाते ना
अपनी कमज़ोरियां अब किसी को

इसलिए नहीं कि तुम बहुत मज़बूत हो गए हो
पर शायद इसलिए
क्योंकि वो आख़िरी शख़्स था
जिसने तुम्हें महफ़ूज़ महसूस करवाया था
जिसने तुम्हारे दिल को तुमसे बेहतर समझा था
जिसके सामने बिखरने से पहले
तुम्हें ख़ुद को रोकना नहीं पड़ता था

हाँ, कोशिश ज़रूर करते हो आज भी
दिल का बोझ हल्का करने की
अपने क़रीबियों को
अपना दर्द बताने की

फिर भी...
नहीं कर पाते ना

कौन ही समझेगा
जैसे वो समझता था
कौन चुप करवाएगा
जैसे वो चुप कराता था

और इन सब से पहले
क्या तुम्हें वैसे रोना आएगा
जैसे उसके साथ आता था

नहीं दिखा पाते ना
अब अपने आप को किसी को
जैसे उसे दिखाते थे

12

WHEN YOU STAYED LONGER THAN YOU SHOULD HAVE

हुआ है ना तुम्हारे साथ ऐसा
जब बहुत देर बाद एहसास हुआ हो
कि देर कर दी
वहाँ से निकलने में
जहाँ से बहुत पहले निकल जाना चाहिए था

पता तुम्हें उस वक़्त भी था
कि वहाँ रुककर
तुम अपने ही साथ ग़लत कर रहे हो
पर
"कौन शुरू से शुरू करे
कौन इतनी मेहनत करे
ये जो है... ठीक ही है"

बोलकर

तुम ख़ुद को समझाते रहे

समझाते रहे ख़ुद को

ये कहकर

"उतार-चढ़ाव कहाँ नहीं होते

थोड़ा वक़्त देने से

हो ही जाएगा ठीक...

डरावना है

यहाँ से निकलने का ख़याल भी"

पर कहीं ना कहीं तुम्हें भी पता था

वो डर नहीं

बस भ्रम था

कि आसान रास्ता ही

सही रास्ता होता है

हुआ है ना तुम्हारे साथ ऐसा

जहाँ

ग़लत चीज़ों को सही समय पर

ना छोड़ पाना ही

तुम्हारी घुटन की वजह बन गया

13

WHEN YOU STARTED LOSING YOURSELF

बिखर रहा है ना सब
और संभल भी नहीं रहा तुमसे कुछ
"क्या करूँ? किस से बात करूँ?
कहाँ से समेटना शुरू करूँ?"

जैसा सोचा था, सब उससे उलटा हो रहा है
हर दिन एक नया सवाल
सामने खड़ा होता है
थक गए हो
जवाब ढूँढते-ढूँढते
पर नहीं मिल रहा कुछ

नहीं पता था
ऐसा भी होगा ज़िंदगी का रूप
जहाँ लगातार बस

ये आँधी

ये तूफ़ान

बिना हल्की-सी भी धूप

भरोसा था तुम्हें कभी

कि तुम कर लोगे

शायद अभी भी बचा है थोड़ा

पर ज़िंदगी छीन रही है वो भी

धीरे–धीरे

हर एक दिन

इतना थका दिया है

कि अब कोशिश करने का भी मन नहीं

आँखों में आँसू

और मन में सवालों के साथ

बस देख रहे हो तुम

सब कुछ हाथों से फिसलते हुए

खुद को बेबस होते हुए

क्योंकि

अब कोशिश करने का भी मन नहीं

14

WHEN YOU OUTGREW YOUR OWN HOME

अब घर में मन नहीं लगता
वही घर जहाँ जाने के लिए
कभी दिन ख़त्म होने का इंतज़ार किया करते थे

वैसे देखो तो सब ठीक ही है
बस तुम बदल गए हो
और घरवाले अब भी वही हैं
भाग रहे हो तेज़ी से ज़िंदगी में आगे तुम
सीख रहे हो कुछ नया
मिल रहे हो नए लोगों से
पर घरवाले अब भी
वहीं हैं

लगता है बुरा तुम्हें इस बात का
ग़ुस्सा भी आता है

क्योंकि उन्होंने ही सिखाया था ना
बदलती दुनिया के साथ बदलना चाहिए

चाहते हो तुम बताना
उनका ना बदलना तुम्हें कर रहा है
तुम्हारे ही घर में अकेला
इतना अकेला कि अब तुम उनसे बात नहीं कर पाते
क्योंकि वो अब भी तुमसे
पुराने तुम को ही चाहते हैं

मान लिया है तुमने ख़ुद को बाहरवाला
क्योंकि
अब घर में मन नहीं लगता

15

WHEN YOU FORGAVE WITHOUT AN APOLOGY

कुछ क़रीबी लोग हैं ना तुम्हारे
जिन्हें माफ़ कर दिया था तुमने
बिना माफ़ी के
इसलिए नहीं कि उनकी गलती छोटी थी
पर इसलिए
क्योंकि यही करते हो तुम हर बार

हर बार की तरह पहले यही सोचा तुमने
"गलती कहीं मेरी तो नहीं?
शायद वैसा ना हो जैसा मैं सोच रहा हूँ"

सोचा तुमने ये सब
क्योंकि बचपन से यही सीखा है ना
"सब अच्छे ही होते हैं
कोई किसी के लिए बुरा नहीं चाहता
प्यार से, शांति से सारी बातें सुलझ सकती हैं"

ये सब सोचकर

आख़िर में जब तुमने माना

कि नहीं थी तुम्हारी कोई गलती

बल्कि

ग़लत वो था

जो तुम्हारे साथ हुआ

तब तुमने कर दिया ना उसे माफ़

बिना माफ़ी के

क्योंकि यही करते हो तुम

हर बार

16

WHEN YOU LOVED THEM SILENTLY

क्या कभी तुम्हारी मोहब्बत
इतनी काफ़ी होगी
कि उसे भी तुमसे मोहब्बत हो जाए?

क्या वो कभी जान पाएगा
कि इश्क़ तुम्हारा समंदर-सा गहरा है
वही समंदर
जिसके किनारे पर वो ठहरा है

जान पाएगा वो?
कि उसकी एक झलक के सहारे
तुमने कितने दिन गुज़ारे हैं
और जब-जब उसने बात की
तुमने हर बार
अपना मन और दिल
उस पर हारे हैं

"क्या होगा
किसी दिन
उसे किसी और के साथ देखना पड़ा?
अगर वो बहुत दूर चला गया?
क्या होगा अगर उसकी आवाज़ सुनने के लिए
सालों इंतज़ार करना पड़ा?
सिर्फ़ यादों के सहारे ही
दिन बितेंगे क्या?
क्या... वो यादें काफ़ी हैं?"

यही सब सोचने में
ना जाने तुमने कितने महीने गुज़ारे हैं

चाहते हो बताना
कि नहीं रह सकते उससे दूर तुम
अपने मन में
अपना बहुत कुछ
मान चुके हो उसे तुम

जान पाएगा क्या वो कभी
कि तुम्हारी ज़िंदगी में
उसकी ग़ैर-मौजूदगी के बावजूद
तुम उससे बेइंतेहा मोहब्बत करते हो?

और अगर जान भी गया...
तो क्या वो उसके लिए इतनी काफ़ी होगी
कि उसे भी तुमसे मोहब्बत हो जाए?

17

WHEN YOUR DREAMS STARTED SCARING YOU

सपने—
कितना प्यारा शब्द है ना
सब देखते हैं
तुमने भी देखे थे
बड़ा होकर कुछ बनना है

चाहा था हर दिन
माँगा था हर दिन
"जैसा सोचा है वैसा हो जाए बस"
क्योंकि तब इतना ही पता था
कि सपने पूरे करने के लिए
सिर्फ़ मेहनत करनी पड़ती है

नहीं पता था तब
कि और भी चीज़ें हैं
जो रास्ते में आएँगी

ज़िंदगी हर दिन
एक नया रंग दिखाएगी

छूट रहे हैं लोग
बदल रहे हो तुम
तुम्हारी आदतें
तुम्हारी ज़रूरतें
बैठना पड़ रहा है
ख़ुद के साथ
ख़ुद के डर के साथ
ख़ुद की ख़ामियों के साथ
करना पड़ रहा है
ख़ुद पर काम
हर दिन, हर पल

और ये सब देख कर
डर लग रहा है अब
डर लग रहा है क्योंकि
ये तो पता ही नहीं था
तुम्हारे सपने पूरे होने का रास्ता
तुम्हें इतना बदलते हुए जाएगा

18

WHEN YOUR HOMETOWN FORGOT YOU

बहुत सालों बाद की घर-वापसी पर जाना
शहर बदल गया है... शायद

बदल गई हैं वो सड़कें
जिनके गड्ढे तुम्हें याद हुआ करते थे
बदल गई हैं वो गलियाँ
जहाँ से हर दिन तुम school जाया करते थे
बदल गया है वो घर
जिसकी दीवारों पर तुम्हारी
ऊँचाई के निशान हुआ करते थे
बदल गई है वो छत
जहाँ हर रात तुम
अपने पहले प्यार से बातें किया करते थे

घर अभी भी यही है
कोई भी form भरते वक़्त
hometown में तो इसी का नाम जाता है

पर अब दिवाली पर घर में दिये
कोई और जलाता है
अब नुक्कड़ की दुकान वाले भैया को
पहले अपना नाम बताना पड़ता है
अब रास्ते ढूँढने के लिए
maps का सहारा लेना पड़ता है

शहर तुमसे ज़्यादा तेज़ी से बदल गया... शायद
या तुम खुद ही उससे अलग हो गए... शायद
शहर ने तुम्हें याद रखने की
कोशिश ही नहीं की... शायद
और इसलिए अजनबी मानने लगा है तुम्हें... शायद

बहुत सालों बाद की घर-वापसी पर जाना
शहर बहुत बदल गया है... शायद

19

WHEN LOVE MEANT LETTING THEM GO

जाने दिया

बिना कोई गिला-शिकवा

बिना कोई शिकायत

बस... जाने दिया

हाँ, तकलीफ़ होती है

हर बार जब उस प्यार के बारे में सोचते हो

आँखों में आँसू तो बिना बताए ही आ जाते हैं

और गूंज़ता रहता है ये सवाल ज़ेहन में—

इतना खूबसूरत रिश्ता ऐसे कैसे ख़त्म हो सकता है

अब भी उसका नाम

चेहरे पर मुस्कान लाता है

अभी भी वो तुम्हारी दुआओं में आता है

तोहफ़े जो उसने दिए थे
संजो कर रखे हैं
अलमारी में
वैसे ही जैसे
उसके साथ बिताए लम्हे
संजो कर रखे हैं
दिल के एक कोने में

ज़रूरी था ना
उस रिश्ते को वही इज़्ज़त देना
जैसा वो था—
सुंदर
शांत
और थोड़ा अधूरा

तो बस... जाने दिया
बिना कोई गिला-शिकवा
बिना कोई शिकायत
जाने दिया

20

WHEN YOU LOST YOUR FIRST PET

तुम्हें अपनी पूरी दुनिया बनाकर
तुम्हारी दुनिया का एक प्यारा सा हिस्सा बनकर
एक दिन
वो चला गया

वो जिसने तुम्हें इंसानों से परे
प्यार करना सिखाया था
वो जिसने अपनी मासूम आँखों में
ना जाने तुम्हारे कितने दर्दों को समाया था
वो जिसने तुम्हें
तुम्हारे खुद के बच्चों से पहले
माँ–बाप बनाया था

समझ जाते थे ना तुम
उसके बिना बोले

उसकी बातें
जैसे वो समझ जाता था
तुम्हारी बोली हुई बातें

उसकी आदतें
उसके खिलौने
उसका ज़िद्दीपन
उसका ग़ुस्सा
और अपने आख़िरी वक़्त में
आँखों में वो बेबसी
जैसे कह रहा हो
"यहाँ से आगे तुम्हारे साथ नहीं चल पाऊँगा"

ये सब लेकर
एक दिन
वो चला गया

और छोड़ गया तुम्हें
बाँटने के लिए
उसका सिखाया हुआ
निस्वार्थ प्यार

21

WHEN YOU REALISED HEALING IS NEVER LINEAR

"अब अतीत से फ़र्क नहीं पड़ता"

"सिर्फ़ तब तक... जब तक

अतीत का कोई तूफ़ान

अचानक से आकर

तुम्हारे दिमाग़ को नहीं झंझोड़ता"

और ये सच अब है तुम्हें पता

होते हैं ज़्यादातर अच्छे दिन

जहाँ तुम

खुलकर हँसते हो

लोगों से मिलते हो

खुद से थोड़ा ज़्यादा प्यार करते हो

सिर्फ़ तब तक
जब तक अतीत की
कोई याद
कोई बात
कोई गाना
कोई जगह
कोई चेहरा
तुम्हारे सामने नहीं आता

उसके आते ही
हँसी बदलती है आँसुओं में
लोगों से मिलना बदलता है
अकेलेपन में
और खुद के लिए प्यार
बदलता है ग़ुस्से में

ग़ुस्सा
"क्यों आज भी अतीत इतना हावी है?"
"क्यों वो ज़ख़्म का दर्द
आज भी सब पर भारी है?"

और ना चाहते हुए भी
मिल रहे हो तुम उस दर्द से
हर बार
थोड़ा और संभलकर
थोड़े ज़्यादा समझदार होकर

और शायद इसलिए
अब अतीत से फ़र्क नहीं पड़ता
क्योंकि वो अब
पुराने तुम से नहीं मिलता
वो तूफ़ान भी
अब मन को
पहले जितना नहीं झंझोड़ता

BEFORE YOU GO

You've walked through many quiet rooms inside this book. If something here felt familiar, I hope it meets you again in a kinder season of your life.

And if you ever feel like telling me how these poems met you, I'd love to hear it.

– Krushangi

You can reach me @Krushangi.21 on Instagram